AF458102

M. De L.

PARADOXES

PARADOXES

M. De L.

PARADOXES

TOME PREMIER

BORDEAUX

IMPRIMERIE G. GOUNOUILHOU

11, RUE GUIRAUDE, 11

1897

PARADOXES

....

Le désir a souvent plus de charme que sa réalisation.

....

Mieux vaudrait le souvenir du mal, dont la fin nous soulage, que la mémoire du bien, qui nous laisse un regret.

Le naturel des manières est un gage de sincérité de l'âme : les empruntés sont des hypocrites.

....

La superstition est la seconde foi des imbéciles.

....

C'est quelquefois un manque de prévenance ou de charité, mais toujours une garantie de plus qu'on leur fera plaisir, que donner aux gens seulement quand ils demandent.

Celui qui est toujours de votre avis n'est qu'un flatteur ou un imbécile.

••••

Les veuves et les divorcées ressemblent quelquefois à ces flacons suspects dont l'étiquette a disparu.

••••

La réconciliation est un ciment que le souvenir empêche de sécher.

••••

Il faut avoir trop pour savoir si l'on a assez.

RIEN n'est essentiellement bien ou mal ; l'idée de bien et l'idée de mal ne sont que deux termes de comparaison et l'expression de sensations inverses, morales ou physiques, variant d'un individu à un autre sur un même objet.

....

IL est plus aisé de penser tout ce que l'on dit, que de dire tout ce que l'on pense.

....

ON ne pardonne bien que lorsqu'on oublie.

Être content de tout, c'est aimer tout et n'aimer rien, car on ne peut être content et mécontent à la fois; cela s'appelle faire contre fortune bon cœur; c'est le bonheur « quand même », ce n'est point le bonheur.

....

Si l'on abolissait la bêtise et la jalousie, que de bavards qui ne parleraient plus!

....

La conscience d'une bonne action suffit pour en tuer la sincérité: la véritable vertu s'ignore elle-même.

On n'est vraiment heureux que quand on l'ignore: le bonheur s'évanouit souvent dès qu'on le découvre.

....

Ce sont toujours ceux qui veulent avoir raison quand même et qui ne peuvent, par conséquent, souffrir la contradiction, qui prétendent la discussion impossible.

....

La résignation n'est qu'un sourd désespoir.

Les gens entêtés ou routiniers ressemblent à ces mauvaises machines qui ne peuvent supporter de réparations.

....

La prétendue vertu est bien plus souvent l'abstention du mal que la pratique du bien.

....

C'est le fait d'un sot que de ne pas comprendre s'il est de trop quelque part.

On aime avec les yeux avant d'aimer avec le cœur.

....

Une bonne réputation méritée n'est point si tôt faite qu'une mauvaise qu'on ne mérite pas.

....

Les choses n'ont de bon ou de mauvais que l'usage qu'on en fait.

....

La consolation n'est qu'un oubli artificiel.

Il ne faut pas s'attacher davantage à une idée qu'à un vêtement dont on se débarrasse quand il est usé ou démodé.

....

On est d'autant plus heureux qu'on a moins de désirs, c'est-à-dire moins de déceptions.

....

Les idées sont comme les modes : les mêmes ne vont pas bien à tout le monde.

Bien des gens ne savent varier leur conversation ou leurs histoires et ressemblent à ces orgues qui jouent toujours les mêmes airs.

....

Certaines idées subissent le sort des pièces démonétisées : sans être fausses, elles n'ont plus cours.

....

Nos sentiments à l'égard d'une personne ne dépendent souvent que des circonstances dans lesquelles nous faisons sa connaissance.

C'est comprendre seulement le mal que de le voir partout.

....

Ce qu'on appelle un doux souvenir n'est, au fond, qu'un amer regret.

....

Avant de penser à plaire, il faut songer à ne pas déplaire.

....

Le livre du tact est le bréviaire de l'homme du monde.

Il est bien difficile de satisfaire les gens, mais il est encore plus malaisé de savoir si on leur fait plaisir.

....

Il y a des gens à ce point médisants qu'ils diront volontiers du mal d'eux-mêmes plutôt que de n'en point dire de quelqu'un.

....

Si on les découvre, on respecte plutôt l'amitié d'autrui qu'on ne partage sa haine : on a pitié de l'une, on méprise l'autre.

Quelquefois le « moi » se détache un instant du corps, le regarde à distance comme un étranger, tout étonné qu'il est d'habiter par force cette boîte inconsciente qui n'est, sans lui, qu'une machine, puis il réintègre subitement le domicile vital.

....

Quel étonnant spectacle, édifiant et instructif à la fois, que celui des têtes des gens transformées en lanternes magiques et dont les pensées passeraient en ombres chinoises sur leur front !

La calomnie est une fausse monnaie que personne ne refuse et qu'on ne peut jamais retirer de la circulation.

....

Le remords tient plus souvent de la déception que du repentir.

....

Ce que l'on croit être de la franchise et qu'on appelle « parler en face » n'est bien souvent que l'expression d'une haine ou d'une jalousie qu'on ne sait pas taire.

Teinte ou maquillée, la femme n'a plus que la valeur d'un bibelot raccommodé.

....

Il en est du cœur comme de l'argent : ce sont souvent ceux qui en ont peu qui font beaucoup de frais.

....

Tous les actes de notre prochain sont pour nous autant d'expériences gratuites dont il faudrait savoir profiter.

L'illusion est un mensonge dont nous sommes à la fois l'auteur et la dupe.

....

Les compliments les plus sincères sont ceux qu'on ne fait pas.

....

Combien font les pessimistes et se lamentent en prévision d'un mal, qui n'escomptent que leur joie personnelle à ne pas le voir venir ou une réputation de prophète, comme consolation, s'il arrive!

Mal doués ou malveillants, il existe des gens dont la perception intellectuelle les assimile à des appareils enregistreurs et qui ne marquent que le bien ou le mal ou tel ordre d'idées; défiez-vous de leurs appréciations qui ne peuvent qu'être fausses.

....

Il y a des gens qui ne rétablissent la vérité que par dépit de s'être laissé voler un mensonge.

....

La pitié est l'aumône du cœur.

L'ÉGOÏSME est la jalousie de soi-même, et la jalousie des autres un égoïsme qui tend à se satisfaire.

....

L'AMITIÉ se réduit parfois à une ligue inconsciente contre un ennemi commun.

....

LE plaisir et la douleur ne sont que les résultantes inverses d'excitations contraires de mêmes centres nerveux.

On se confesse en souriant de choses qu'on ne souffrirait pas se voir même soupçonner.

....

La colère démasque l'homme.

....

Il est pratique, mais peu probant, de consoler quelqu'un en le comparant au voisin ; de la sorte, on démontrera toujours au premier venu qu'il est plus heureux que n'importe qui ; la comparaison n'est qu'un facteur de la démonstration.

La flatterie est la monnaie des intrigants.

....

L'empressement d'une personne à vous signaler un ennemi est bien plus souvent l'expression de sa haine ou de sa jalousie contre lui que celle de son amitié pour vous.

....

Les idées toutes faites, c'est de la confection morale : ça ne va jamais bien.

Il faut savoir mettre sa conversation au niveau de celle des autres, tout comme on met une lorgnette au point suivant les distances.

....

La fausse accusation est d'autant plus pénible qu'on connaît la malice hypocrite de celui qui la porte.

....

La critique procède presque toujours autant du besoin de se faire valoir que de celui de dénigrer.

La délicatesse est la forme poétique du respect de soi et des autres.

....

La pensée est un camp retranché derrière lequel on se sent inexpugnable.

....

On ne jouit vraiment d'une chose que si l'on songe qu'on en profite.

....

L'indiscrétion des uns ne naît qu'où commence l'égoïsme des autres.

On est ambitieux dès qu'on désire autre chose que le nécessaire.

....

Laissez croire au menteur que vous êtes sa dupe, et c'est un homme désormais sans méfiance qui vous appartient ; traitez-le d'imposteur, c'est un ennemi de plus qui ne vous pardonnera point son dépit d'avoir été démasqué, ou le plaisir perdu de s'être moqué de vous.

....

L'amitié qui naît trop vite est une herbe folle qui meurt bientôt.

Supposer un instant qu'on possède ce que l'on désire, c'est s'apercevoir souvent qu'on n'y tient déjà plus.

....

On critique d'autant plus un défaut chez autrui qu'on a le même plus enraciné : en exagérant l'un, on croit amoindrir l'autre.

....

Tout ce qui est découvert bien qu'on le cache, laisse à penser tout ce qui est mais qu'on ne sait point.

N'oubliez pas que l'oreille de votre voisin est un crible qui ne retient guère que ce qui pourra nuire un jour aux autres ou à vous-même.

....

Le maximum du progrès signifie le minimum de la vie.

....

L'œil est le principal conformateur de nos idées; ceux qui ont les mêmes yeux doivent avoir le même caractère.

La vengeance est une réhabilitation qu'on se fait à soi-même.

....

On vous nuira davantage à mots couverts que par une violente critique.

....

Un reproche immérité, c'est une calomnie en face.

....

Avoir du parti pris, cela veut dire ne pouvoir juger.

L'INJUSTICE d'un reproche peut seule le rendre amer : on le sent d'autant plus qu'on le mérite moins.

····

LES fautes de notre prochain nous donnent toujours sur lui, souvent sans qu'on y songe, le sentiment d'une certaine supériorité.

····

PARLEZ aux gens de ce qui les intéresse, ils trouveront toujours votre société agréable.

Que de gens, parlant à notre place dans une conversation qu'ils rapportent, nous prêtent, avec ostentation et pour les besoins de la cause, des paroles qu'ils s'étonnent n'avoir pas été prononcées par nous à leur adresse au lieu des propos que nous avons tenus, mais qui auraient été bien surpris de nous entendre parler comme eux!

....

Nous pardonnons souvent pour mieux oublier une faute dont le souvenir seul pèse à nous-même bien plutôt que pour absoudre.

La plaisanterie n'est qu'une façon aimable de dire impunément des méchancetés.

....

Nous avons beau réparer nos erreurs et nos fautes, notre vie comme notre conscience ne nous offrent bientôt plus que le spectacle d'une tunique rapiécée.

....

Notre pensée est un feu qui change souvent de couleur avec celui qui cherche à le voir.

La plus grande habileté des jaloux serait de savoir dissimuler leur dépit.

....

Il vaut souvent mieux ne rien faire paraître de nos sentiments que de laisser croire qu'ils ne sont point vrais : la sincérité est une fleur délicate qui meurt sous le souffle du doute et qui ne souffre pas qu'on la cueille pour l'incrédule.

....

Le menteur est généralement crédule.

Il y en a beaucoup qui ne s'occupent des autres que parce qu'on ne s'occupe point d'eux.

....

Quelque désespéré qu'on soit, l'on veut toujours croire à la réalisation possible de ses désirs, mais jamais à celle du mal qui menace.

....

L'air béat de certains, devant le bien qu'ils ont fait, vous dit le peu d'habitude qu'ils ont d'en faire.

La dissimulation est un mensonge qui n'a même pas pour lui l'excuse d'être fait ouvertement.

....

Nous ne mesurons guère la valeur des gens qu'à celle des services qu'ils nous rendent.

....

On n'aime bien souvent à reconnaître une qualité chez autrui qu'afin de l'exagérer pour en faire un défaut.

Si nous savions tout ce que chacun dit de nous, nous ne pourrions guère plus tendre la main à personne.

....

La vérité, pour nous, dans la bouche des autres, n'est que ce que nous aurions mis dans la nôtre.

....

Si nous refusons, parfois, d'écouter les compliments, c'est bien moins par modestie que dans la crainte d'être dupes de ceux qui nous les font.

On ne veut guère se reconnaître de défauts que ceux qu'on croit ne plus avoir.

....

Il vaut encore moins avoir des services à reconnaître que des dettes à payer : il est souvent plus difficile de rembourser les uns que d'acquitter les autres.

....

Quelque sincères que soient nos protestations et nos doutes, nous ne croyons jamais, au fond, être indignes des hommages qu'on nous rend.

Le plus flatteur des compliments ne vaut pas la plus amère des critiques : si elle est sincère, on en profite toujours en l'écoutant, et si elle ne l'est point, on n'est jamais trompé qu'à son propre avantage.

....

Dès qu'on croit aux reproches, on n'est plus bien loin de les mériter.

...

La fausse modestie n'est qu'un mensonge aux autres et la vraie un mensonge à soi-même.

Nous regrettons quelquefois davantage la disparition d'une joie inattendue que celle d'un plaisir sur lequel nous avions compté.

....

Les songes sont des essais gratuits qui nous laissent apprécier l'irréalisation de certaines choses, mais qui nous en font regretter bien d'autres.

....

On profite souvent moins des services qu'on reçoit que de ceux que l'on rend.

Toujours le corps guérit de ses blessures ou y succombe; l'âme n'efface les siennes ni n'en meurt jamais.

....

L'impossibilité de sacrifier à nos défauts nous les fait perdre plus souvent que l'envie d'y renoncer.

....

Nous ne souffrons jamais si peu la compagnie des importuns que quand ils semblent croire à l'agrément qu'elle nous procure.

Laissez voir aux gens que vous ne les recherchez pas, mais non point que vous les fuyez.

....

Si l'amitié se vendait au poids, il faudrait en acheter beaucoup pour en avoir un peu.

....

Nous sommes si orgueilleux que nous voulons même interpréter à notre avantage les défauts que nous avons ou les critiques qu'on nous en fait.

L'IMPUISSANCE envie toujours le mérite, mais le vice ne jalouse jamais la vertu.

....

SI, parfois, les gens ne nous veulent point de mal, c'est que l'indifférence empêche qu'ils soient méchants, comme elle en empêche d'autres d'être aimables.

....

L'ATTITUDE des gens à notre égard n'a souvent d'autre signification que celle que nous voulons y attacher.

Le zèle est une pièce dont on ne nous rend jamais la monnaie.

....

On vous jalouse souvent moins ce que vous avez que ce que vous pourriez avoir.

....

Tel vous fait volontiers un éloge auquel il ne croit point, qui ne souffrira pas vous voir faire celui que vous méritez : on préfère souvent vous reconnaître ce que vous n'avez pas que ce qui vous appartient.

On ne fait guère d'éloges de ses ennemis que ceux dont on croit qu'ils ne profiteront point.

....

Quand nous ne pouvons pas faire comme les autres, nous leur reprochons de ne pas faire comme nous.

....

On ne se marchande pas à soi-même les plus belles promesses, car on sait toute la complaisance qu'on aura pour s'excuser, si l'on vient à ne pas les tenir.

BORDEAUX

IMPRIMERIE G. GOUNOUILHOU

11, rue Guiraude, 11

www.ingramcontent.com/pod-product-compliance
Ingram Content Group UK Ltd.
Pitfield, Milton Keynes, MK11 3LW, UK
UKHW020439230726
13925UKWH00004B/1753